AF347034

BALANCE

ExLibric

NURIA DELGADO

BALANCE

EXLIBRIC

ANTEQUERA 2023

BALANCE
© Nuria Delgado
Diseño de portada: Dpto. de Diseño Gráfico Exlibric

Iª edición

© ExLibric, 2023.

Editado por: ExLibric
c/ Cueva de Viera, 2, Local 3
Centro Negocios CADI
29200 Antequera (Málaga)
Teléfono: 952 70 60 04
Fax: 952 84 55 03
Correo electrónico: exlibric@exlibric.com
Internet: www.exlibric.com

Reservados todos los derechos de publicación en cualquier idioma.

Según el Código Penal vigente ninguna parte de este o
cualquier otro libro puede ser reproducida, grabada en alguno
de los sistemas de almacenamiento existentes o transmitida
por cualquier procedimiento, ya sea electrónico, mecánico,
reprográfico, magnético o cualquier otro, sin autorización
previa y por escrito de EXLIBRIC;
su contenido está protegido por la Ley vigente que establece
penas de prisión y/o multas a quienes intencionadamente
reprodujeren o plagiaren, en todo o en parte, una obra literaria,
artística o científica.

ISBN: 978-84-19827-00-5
Depósito Legal: MA 517-2023

Nota de la editorial: ExLibric pertenece a Innovación y Cualificación S. L.

NURIA DELGADO

BALANCE

DESEO

Tocar el cielo con el roce que hacen nuestras manos, aprender a bailar en las yemas de tus dedos para cuando me acaricies la cara y saber entender que serás siempre ese ojalá con el que me quedaron más ganas de vivir.

Me apetecería mucho que te quedaras una, dos o, incluso, tres noches más, pero eso no se pide. Me hubiera gustado que me dijeras que sí que pensabas en mí y que siempre te podrían las ganas de verme antes que las excusas.

Pero, a la vez, me gusta cómo nuestras manos encajan a la perfección, aun sin estar juntas, porque sé que sabemos de sobra que lo indescriptible es lo que sentimos cuando nos vemos.

Nos queda toda una vida por delante para demostrarnos lo que queramos en cada momento y espero que así sea, porque quiero que sepas que me encantaría seguir oliendo tu cuello, respirando fuerte encima de él y, sobre todo, sin cansarme nunca de sonreír mientras nos vamos conociendo mejor.

ALGÚN DÍA

Algún día nos encontraremos y nos miraremos. Tú a mí y yo a ti. Ahí sabremos lo que expresan nuestras miradas cuando se desnudan.

Nuestras miradas se gritan en silencio mientras sabemos que algún día todo lo que nuestras miradas se están diciendo son verdades.

Descubriremos que nos gusta volvernos ciertos juntos, en el momento en que nos encontremos buscando respuestas, y estoy segura de que resolveremos todo lo que tenemos que decirnos, pero lo que cuenta es el presente.

Estamos viviendo un presente en el que me estoy aferrando a todos nuestros recuerdos, mientras intento nadar a la deriva sin saber a dónde voy ni yo misma, pero por eso espero encontrarte a ti.

Para que me ayudes y para que me salves de todo lo que hemos vivido. Para que me enseñes a quererme y para que volvamos a poder utilizar alguna excusa para vernos.

En el mismo sitio de siempre

Es ahí, donde sé que el mundo es quien me toca de arriba a abajo. Es ahí, donde me enseñas que una vida sin valentía es un infinito camino de vuelta hacia la soledad.

Ahí, donde aprendo que me gusta tu verdad y descubro que a ti te gusta volverte cierto a mi lado. Ahí, donde busco enseñarte que el silencio también forma parte de la melodía, para así poder aprender que no hace falta comunicarnos para entendernos.

Es ahí, donde me fijo en tu mirada. Una mirada que sabe soñar con los ojos abiertos y que sabe hablar con los labios cerrados. Una mirada que me besa la clavícula y me empaña los párpados. Una mirada que me tiene que contar varios secretos que esperan besos.

Y es que, con esa mirada tan dulce, a veces me desnudas tanto que me descubro tan llena que ansío el vacío. Ansío el vacío de una manera donde me empeño en no querer llegar a conocerte nunca para que así nunca te acabes.

Al final, hacemos de las despedidas media vuelta al mundo para que, aunque tardemos, queramos volver a vernos.

LO QUE DUELE NO ES EL DOLOR

Lo que duele no es el dolor. Lo que duele es la ausencia, el saber que tienes que olvidarte, porque no puedes volver al pasado. Lo que duele es la soledad, el olvido.

Me da miedo no poder recordarte, aun teniendo ganas de querer probarte por primera o última vez. Saborearte sería lo más parecido a tocar el cielo con mis labios y no querer separarme nunca de los tuyos.

Me da miedo que no podamos vivir ese ojalá del que tanto nos agarramos cuando tenemos frío y nos sentimos vacíos, aunque nos necesitemos poco, porque sea lo único que tengamos cerca y fácil.

Me da miedo no poder volver a verte, así que quiero recorrer todos tus lunares y aprendérmelos de memoria para cuando no estés y me acuerde de ti.

Y supongo que eso será el amor: encontrarnos, aun sin estar cerca, y buscarnos cuando nos hagamos falta.

ME QUEMAS TODO EL CUERPO

Me gusta mucho la manera en que me besas la clavícula, en cómo me dices que me quieres, empañándome los párpados y la mirada tan fija y profunda que se va clavando en mis ojos a medida que nuestras respiraciones se van acelerando cuando te acercas y van pasando las milésimas de segundo.

Me gusta mucho cómo me tientas para que bese cada uno de los lunares de tu espalda y, sobre todo, cómo me dejas morderte los labios mientras sonreímos sin motivo.

Me gusta mucho cuando me quemas todo el cuerpo con tus manos mientras tocas mis caderas. Y supongo que es ahí donde está el amor. Cuando me doy cuenta que lo que veo en ti no lo veo en nadie más. Cuando prefiero quedarme cinco minutos más contigo antes que nada. Cuando pienso que eres distinto de todo lo que ha pasado por mi lado, y esa es la única diferencia que nos encontramos: la diferencia.

Es ahí, cuando me entero que quiero pasar todas nuestras diferencias a tu lado.

ME CALLO TU VERDAD

La verdad, esa que sólo sabemos tú y yo. Esa verdad tan profunda, esa que es tan nuestra, tan de nosotros.

Me gustaría poder gritar tu verdad y, a raíz de ahí, saber que voy a pasar toda la vida besando nuestros recuerdos. Más bien dicho, sé que voy a pasar toda la vida besando el tiempo. Besando el tiempo cuando sé que te has ido y ya no hay vuelta atrás, cuando sé que no puedo volver a ti.

Pero, a la vez, callarme toda la verdad sería arriesgarnos, arriesgarnos a que todo saliera bien, a confiar en ti y, sobre todo, a proponernos toda la vida juntos.

Si pudiera volver hacia atrás

Si pudiera volver hacia atrás, me gustaría saber que sí, que puedo contar contigo en todo lo que nos propongamos.

Si pudiera volver hacia atrás, tengo claro que escogería millones de veces despertarme entre tus brazos y bailar con tu olor.

¿Y sabes qué? Si pudiera volver hacia atrás, tendría la opción de darte el beso más dulce que probablemente te hayan dado en la vida, pero me da miedo.

Me da miedo cerrar los ojos y que, al abrirlos, no estés, y me encuentre yo a mí misma, besando los recuerdos y el tiempo.

Bailar con el amor, contigo

Quiero bailar con el amor en otras camas que no sean la nuestra; que tu voz sea la música que nos acompañe entre respiraciones y que, a medida que pasa el tiempo, el valor de nuestros latidos se acelere más de lo normal.

Quiero que el compás siga la duración de todos nuestros besos y que así podamos enseñarle a la vida que no todo está marcado.

Quiero que en tus ojos se refleje mi mirada entre lágrimas, mientras nos decimos lo bien que nos queremos, porque lo importante no es querer mucho. Yo no quiero que me quieras mucho; yo quiero que me quieras bien, que esa debe ser nuestra manera más sana de entendernos.

Y aquí es cuando llega el paso de descubrirnos. Cuando lo único que necesitamos es estar pensándonos mutuamente y que nadie dé el paso de gritar que lo que he descubierto en ti no lo voy a descubrir en nadie más.

Lo que realmente me llena es poder aprender que lo que me llevo de ti es mucho más esencial que lo que me llevo de mí: es inefable.

Inefable, como tú y como yo.

CIEN AÑOS PARA TI

Me gustaría poder tener cien años, pero cien años para poder dedicártelos.

Dedicártelos como lo has hecho tú por mí.

Dedicarte una vida sería lo más parecido a saber quererte lo suficiente como para saber quererme a mí.

Dedicarte una vida sería volver a acercarme a ti una vez más, sin que nadie supiera nuestro pequeño gran secreto.

Dedicarte una vida sería volver a enseñarte todas esas canciones que hablan de ti. Pero, a pesar de todo, aunque te dedicara todos los años que se pudiera, tú y yo sabríamos que no he podido saborearte y meterme dentro de ti como me hubiera gustado que me dejaras claro desde el día que te conocí.

Nos gustara o no, no fue decisión nuestra. No, no fue decisión nuestra nada de lo que la vida pudiera interponerse entre nosotros. Porque te juro que, si hubiera sido de otra manera, me gustaría siempre poder tener(te) en cuenta.

LO MEJOR DE IR ES VOLVER

Dicen que lo mejor de ir es volver, pero ¿adónde? ¿Dónde vas a ir y luego querer volver? Porque a mí sólo se me ocurren tus brazos. Tus brazos o tú, así en general. Tú eres el sitio donde siempre que me voy necesito volver.

Volver a ti es lo más parecido a volar. A volar sin alas y que el vuelo vaya a tiempo, al compás de todas nuestras caricias.

Si lo mejor es volver, me gustaría volver a encontrarme contigo, porque cuando fui, no había nada claro en todo nuestro abecedario y, por ello, no sabías lo que significaba querer a alguien.

Personalmente, no creo que lo mejor de irse sea volver. Lo mejor de irse es quedarse.

PARA TI

Para la persona que está siempre, para la que nunca te hace dudar de que tienes que quedarte a su lado.

Para ti, por haberme dejado adentrarme dentro de ti y así poder conocerte mucho más a fondo.

Para una de las mejores personas que he conocido nunca, para la que me enseña a quererme, aun estando rota, y para la que quiero que me siga susurrando en mitad de un beso que me quiere.

Es contigo con quien quiero que las calles de Barcelona nos vean paseando de la mano y sonría al hacerlo. Es contigo con quien quiero que sigamos siendo siempre tú y yo, a pesar de todo lo que haya podido pasar.

NOSTALGIA

La nostalgia es el sentimiento más bonito que conozco, porque nos enseña a aprender lo que significa echar de menos en incontables momentos de nuestras vidas.

Siempre sentimos nostalgia hacia alguien y seguro que no te puedes quitar de la cabeza a esa persona. La nostalgia tiende a recordarnos a cada uno de nosotros todos los momentos que hemos vivido en cualquier ámbito o cualquier día de lo que llevamos de vida, ya sea bueno o malo. Pero algunas personas no saben si la nostalgia es un sentimiento que les guste rememorar.

Normal, pues a veces estar nostálgico por haberte acordado de alguien es una putada, porque puede haberse ido. Pero lo que más asusta es que puede haberse ido del todo, y te aseguro que no hay nada más triste que tener que irse cuando tú quieres quedarte.

GRÍTAME

Susúrrame que el infinito reside a nuestro lado mientras nos besamos y así recordaremos lo que significa el amor.

Grítame en silencio todos los abrazos callados que nos damos mientras sentimos que siempre necesitaremos cinco segundos, minutos, días o años más para no dejar de mirarnos nunca.

Bésame entre sonrisas mientras vemos esa película que tanto nos gusta, aunque al final no nos enteremos de qué va, amor.

MUNDO

Me gusta la manera en la que nos agarramos al mundo, juntos y con unas manos en las que podamos sentirnos especiales.

Me gusta mirar los lunares que tienes en todo el cuerpo mientras dibujo constelaciones que tienden al infinito con mis dedos, y tú sonríes entre hoyuelos que marcan huellas en nuestro camino que hacemos a la par.

Me gusta verte debajo del sol, sonriendo, y que me susurres al oído que me quede cinco minutos más, aunque sea en la luz de la sombra que hacen los árboles.

Me gusta que chilles en silencio de felicidades en la orilla de la playa mientras vemos el atardecer y nos revolquemos en la arena, como soñábamos cuando éramos pequeños.

DICIEMBRE

Se me nublan los recuerdos de cuando te fuiste y todavía sigo lloviendo por dentro cuando veo pasar tu olor por nuestra calle.

Todavía sigo viendo tu sonrisa cuando se empañan los cristales del portal por culpa del frío que hace en invierno, y ahí es cuando me acuerdo de los diecisiete besos que me dabas, porque siempre te apetecía.

Todavía te espero en el tren de las nueve de la noche y guardo un sitio a mi lado por si apareces inesperadamente, como solías hacerlo antes.

Siento que no quedan balas en la pistola que recargaste y disparaste sin temor hacia el sentido vital que cumplíamos en el camino que hacíamos a la misma vez.

CAÍDA LIBRE

Saltar al vacío y a tus brazos, paseando entre tu piel que construye la plasma de tu mano y ver cómo baila el roce que hacen nuestras manos juntas.

Saltar hasta dejarnos caer en el atardecer de la playa y perdernos en sus olas mientras sentimos que estamos pensando lo mismo sin atrevernos a hacer nada.

Saltar y notar la caída libre en tu sonrisa y poder acariciarte la espalda con mis dedos, dibujando constelaciones infinitas. Tan infinitas como nosotras, como tú, como yo, sencillas y bonitas.

MAR DE DUDAS

En un mar de dudas existe la veracidad de lo imposible. No sabemos la certeza en la que nuestras miradas se ahogan, y no controlamos cuando nuestras pieles se erizan con tan solo el roce de la yema de nuestros dedos.

Probablemente existan seiscientas once noches más en las que los sueños no sean tan profundos y podamos volver a sentir el calor de una hoguera en invierno.

Quizás no encontramos respuesta a preguntas, porque simplemente no todo tiene un porqué, y la verdad es que podemos llegar a perder el control de la audiencia mientras somos un simple «estoy aquí».

Parece que el tiempo está marcado por silencios que ni nosotras mismas sabemos que existen y sencillamente la huella que dejamos a cada paso que avanzamos significa vida, con todas las letras.

AMOR PROPIO

Mía. Abrazarte a ti misma sabiendo que eres tú la que siempre estarás ahí para ti, pase lo que pase.

Recordar todo lo que vales e, incluso, lo que significas, sabiendo que tu tiempo es tu propia vida, que es lo máximo que le puedes dar a alguien.

Hacer las cosas sintiéndolas tuyas y haciéndolas por ti misma, levantándote a cada caída, superando momentos insuperables; sin embargo, siempre lo consigues todo. Qué suerte. Nuestras.

TE CLAVAS

Te clavas en mí, como si de una espina se tratase. Como una vela cuando le da la brisa y se consume, como una vela cuando arde y no tiene fuerzas para apagarse.

Siempre dije que nunca te encontraría, pero ahí te busqué y aquí estás.

Mil perdones envueltos entre las sábanas blancas, mientras me pedías que me quedara cuando ya me fui mucho antes. Ahí comprendí que no me hablabas a mí. Te hablabas a ti.

TE QUIERO

Te quiero: Significa que quieres hacer que el amor que sientes por él/ella sea algo permanente. Deseas compartir todo junto a la persona que quieres. Una vida llena de cariño, confianza, sabiduría y, lo más importante, aprendizaje mutuo.

Te quiero de toda las maneras posibles.
Te quiero para siempre y quiero compartir mi vida contigo.
Quiero que tú también me quieras, pero sobre todo que te quieras y que no te canses nunca de hacerlo.
Quiero quererte ahora, mañana y pasado.
Quiero quererte durante toda mi vida.
Quiero estar contigo.
Te quiero a ti.
Te quiero.

DESTINO

Destino: Algo que tiende a cruzarse por nuestro camino y encajar a la perfección con todo lo que nos envuelve.

El destino tiene el arte de escoger lo que se interpone en tu camino, y se dice que, si algo es para ti o tiene que serlo, así será.

Mirarnos a los ojos es algo parecido a estar rozando con el principio, pero nunca sabremos si ese roce tendría algo que ver con querer quedarnos.

La conexión que habla por sí sola, escogiendo quién sí, quién no, quién nunca y quién siempre.

Más allá de cruzar miradas.

Mucho más.

SONREÍR

Sonreír: Reírse un poco o levemente, y sin ruido.

Sonríe. Estás más guapo, más seguro de ti mismo. Tienes buen aspecto cuando lo haces, me gusta. Cuando sonríes, se ilumina todo mundo, así que podrías hacerlo más a menudo, que a veces nos viene bien.

Se ilumina con esa sonrisa tan increíble que enseñas cuando me ves. No puedo dejar de pensar en tu sonrisa. Me la imagino, y es inevitable que yo también sonría.

Qué fácil, ¿no? Qué fácil es alegrarme los días. Me conformo con una sonrisa tuya, y con eso ya me basta.

Invierno

Invierno: Época más fría del año.

Frío. Mucho frío. Y nosotros, juntos y tapados hasta arriba. Juntos y abrazándonos. Juntos y sonriendo cada vez más. Nos vamos acercando y nuestras sonrisas se van viendo más de cerca, hasta que rozamos nuestras pieles, y ahí, ahí es cuando de verdad sentimos que en invierno tampoco hace tanto frío.

Notamos como nuestras manos juntas encajan a la perfección. Notamos como nuestros besos se alargan cada vez más, hasta no poder respirar. Tengo una sensación de que el corazón va latiendo más deprisa, y ahí es cuando sé que no te voy a soltar nunca.

Mañana

Mañana: El futuro.

Una mañana. Frío y mucho amor. Te encontré. Nos encontramos y... pasó.

Te di el beso más dulce que posiblemente haya dado en toda mi vida. Un beso frágil, delicado y tierno. Un beso donde no existíamos nada más que tú y yo resguardados en un patio cerrado.

Y aunque ese minuto se nos escapó de las manos y se convirtió en el minuto más corto de mi vida, te prometo que no se me va a olvidar nunca. Siempre voy a recordarlo, pero lo que más voy a echar de menos es cómo me mirabas los labios cuando lo hacías y cómo nuestras respiraciones iban acelerándose al ritmo de cada latido de nuestro corazón.

Y te juro que, por mucho que pase el tiempo, lo nuestro siempre estará por ahí. No sé dónde, ni cuándo, ni cómo, pero cuando me acuerde de ti, lo haré con muchísima dulzura, pero sobre todo con amor y admiración.

PERDERNOS

Perdernos: No conseguir lo que se espera, desea o ama.

Los dos hablábamos de perdernos, pero no en el mismo sentido. Lo teníamos casi todo en común, pero nos faltaba lo más importante. Me faltabas tú. Así, en general. Me faltabas siempre, aun cuando no te tenía. Siempre me has faltado, ya que cuando no tienes lo que tampoco quieres, no lo echas en falta, pero cuando lo tienes y se van, qué putada.

Qué putada el día que te largaste. Aún me acuerdo. Lo que tampoco sé es si te fuiste para no volver o, simplemente, si te fuiste, así a secas.

Ojalá fueras tan especial como para atreverte a aparecer sin acabar perdiéndote por el camino que te marca mi piel. Aún noto tu ausencia, y qué mal que no lo sepas. Y qué mal yo también por no saber decírtelo, por no saber hablar en tu idioma.

El corazón nos habla sin sentido y, por eso, no le hacemos ni caso. Qué pena.

CAOS

Caos: Confusión, desorden.

En el caos está el orden, aunque no le encontremos sentido.

En el caos se esconden todos los recuerdos, es decir, todos los momentos que he pasado junto a ti.

En lo más profundo del caos que vivimos día a día encontramos todo lo que nos hace sentir más nosotros mismos. Hay personas que no entienden el caos como tal; en cambio, hay otras que simplemente se refieren al caos como algo indiferente.

En el caos está lo bonito, la perfección, aunque suene desequilibrado. El caos tiende a recoger los puntos más profundos de nuestro día a día e, incluso, nuestras vivencias y experiencias.

En el caos estamos todos y cada uno de nosotros debido a que siempre tenemos ese profundo punto que nos hace ser únicos y especiales. Podemos crecer juntos y entendernos a la perfección, y aunque en alguien no encontremos ese caos, siempre está. Siempre aparece cuando menos te lo esperas o, quizás, lo ves nada más conocer a esa persona.

Qué bonito es el caos y qué bonito eres tú.

LLUVIA

Lluvia: Agua que cae de las nubes.

Quiero quedarme contigo todos los días de mi vida contemplando la lluvia por la ventana de tu habitación mientras reímos a carcajadas, y cuando miremos al cielo, veamos las estrellas fugaces y pidamos un deseo por separado, pero que con tan solo mirarnos sepamos que hemos deseado lo mismo, que hemos coincidido.

Quiero pasear contigo por el centro de Barcelona mientras llueve y que lo último que se nos pase por la cabeza sea el querer irnos de allí.

Quiero que me cojas de la mano y me digas que, aunque no todo vaya a salir bien, siempre te acordarás de mí.

De mí y de ti.

De nosotros.

De toda la felicidad que hemos pasado juntos, y júrame que nunca te olvidarás de todo lo que nos dijimos aquel día en la portería de mi casa. Sí, mientras llovía…

VIDA

Vida: Cosa que origina suma complacencia.

Nos pasamos toda la vida esperando a alguien que no sabemos si va a llegar o si tal vez va a volver, cuando, en verdad, siempre te vas a tener a ti misma, y tú te conoces mejor que nadie.

Tú sabes perfectamente cuáles son tus puntos débiles sin siquiera tocarlos. Tú siempre te acuerdas de todo lo que te ha gustado en cada momento de tu vida, y aunque digas que no, siempre te ha pesado más lo bueno que lo malo, en muchas ocasiones.

Quiero que te prefieras a ti primero antes que a nadie, porque siempre te vas a tener. Te vas a tener y vas a tener que tomar decisiones por ti mismo, aunque te cuesten, sin ayuda de nadie. Puede que te salgan bien, o puede que te salgan mal, pero nunca te arrepientas de lo que el corazón te dicta.

Tú sabes perfectamente lo que piensas en cada momento y es que, en verdad, siempre te vas a necesitar a ti. Y sí, exacto, yo también voy a necesitar de mí. De mí, pero también para mí.

DISTANCIA

Distancia: Pérdida paulatina de las relaciones de amistad o del afecto entre personas.

La distancia es el sentimiento más frío que conozco.

La distancia puede acabar con lo que ya se había construido durante mucho tiempo o, simplemente, puede acabar. Pero, a la vez, la distancia nos permite pensar si merece la pena echar de menos, o si nos equivale el querernos con los kilómetros para después, cuando nos veamos, mirarnos con más ganas que nunca.

La distancia es algo inevitable cuando dos personas se alejan durante cierto tiempo, y ahí es cuando sabes que lo que tienes lo quieres para toda la vida.

RECIPROCIDAD

Reciprocidad: Acción que motiva a corresponder de forma mutua a una persona o cosa con otra, dar y recibir con límites.

«Y yo a ti» es mi respuesta a todo lo que me dices. Quizás lo sepas o quizás no.

Quiero que sepas que «y yo a ti» es una respuesta que engloba todo lo que siento y que, aunque no lo diga, el sentimiento que nos une es recíproco.

La reciprocidad puede romper todos nuestros esquemas, incluso sin utilizar las palabras para entendernos. Y estoy segura de que es nuestra manera más sana de querernos. La reciprocidad puede con todo lo que nos propongamos. Es el sentimiento más bonito que conozco.

Cuando dos personas sienten lo mismo, se besan con los ojos y se miran con los labios… Ahí, ahí es cuando sé que no quiero soltarte nunca.

PROMESAS

Promesas: Expresión de la voluntad de dar a alguien o hacer por él algo.

Todas aquellas que no supiste cumplir, las que se quedaron en el aire. Todas las promesas que me dijiste aquella noche en el portal de tu casa, o cuando íbamos al mismo banco de siempre.

Las promesas que hacíamos con tantas sonrisas de por medio que siempre acababan en besos. Pero, al fin y al cabo, sólo hay una promesa que vale la pena, y esa eres tú.

Tú eres mi mitad. Mi promesa que estoy cumpliendo: el quedarte siempre, el no irte y saber estar cada día, el regalarme tu verdad y tus besos. Los besos más dulces que, probablemente, sólo me los has dado tú.

Por hacerme sentir especial, siempre te he prometido que fuiste, eres y serás la suerte de mi vida.

CERCANÍA

Cercanía: Próximo, inmediato.

Entendemos como algo cercano algo fácil de conseguir. Pero puede que no sea así.

Puede que la cercanía sea subjetiva y que tal vez estemos más lejos que nunca sin habernos dado cuenta antes.

Puede que lo cercano sea un sinónimo de lejanía, ya que cuando nos pensamos estamos más cerca y unidos que nunca, porque lo hacemos a la misma vez, pero siempre nos quedamos ahí. Siempre nos quedamos con lo que pensamos el uno del otro, pero sin siquiera vernos ni hablar, y ahí es donde está nuestra distancia.

Qué pena. Estamos perdiendo el tiempo, pero no quiero perderte a ti.

SIMPLEZA

Simpleza: Sencillo, sin complicaciones ni dificultades.

La simpleza es sutil y nos referimos a ella con muchísima naturalidad. Pero, al fin y al cabo, siempre acaba aburriendo.

La simpleza expresa sencillez, sin problemas de por medio, sin dificultades por el camino hacia donde vas.

Pero qué aburrido vivir la vida sin dificultades. La vida está para que aprendas a base de las cosas que te vayan pasando. Sean buenas o malas, siempre te llevas esa aprendizaje y esa enseñanza de cómo vives las cosas.

Y aunque la cabeza te diga una cosa, tienes que hacerle caso a tu corazón. Él nunca miente. Es incontrolable.

AMISTAD

Amistad: Afinidad, conexión entre personas.

Pienso que el cariño de la amistad consiste en estar cuando hay que estar y en abrazar, aun cuando no sea necesario abrazar.

Porque cuando yo no sabía qué hacer, tú tenías las palabras, porque las palabras a veces son abrazos, y porque a veces sin palabras ni abrazos tú ya me decías todo lo que necesitaba saber.

Estuviste y estás. Eso es lo que más valoro de ti. El no haberte ido nunca, el quedarte siempre, sin que te lo pida. El querer estar es algo que las palabras no pueden expresar, pero sí que lo hacen todos los días, las noches, la felicidad, las lágrimas y todos los momentos que he estado junto a ti.

Espero que por mucho tiempo tus buenas noticias sigan siendo las mías, que tu ilusión por conseguir metas continúe atada a la mía, que tu felicidad también la compartas conmigo y que la vida sabe más a vida cuando estoy a tu lado.

INEFABLE

Inefable: Alguna cosa que no puede ser dicha, explicada o descrita con palabras, generalmente por tener cualidades excelsas o por ser muy sutil o difuso.

Lo que sentimos al pensarnos, vernos e, incluso, hablarnos. Lo que sentimos al estar juntos. Lo que sentimos, a secas. Eso es lo inefable. Todo lo que no se puede explicar con palabras cuando nos miramos a los ojos.

Qué bonita y sana es nuestra manera de entendernos.

Ojalá no se pierda.

Ojalá no se pierda nunca.

CAFUNÉ

Cafuné: *Acto de acariciarle el pelo a alguien.*

Podía sentir la respiración
y el temblor de las yemas de tus dedos,
mientras acariciabas cada milímetro
de mi cabeza.
También podía sentir cómo sonreías
sin que supieras que te estaba mirando.
Y, entonces, soy yo
la que me siento afortunada,
pero también la que no sabe evitar
el dolor de que eres un sueño.
Pero abrí los ojos
y me di cuenta de que
ahí estoy yo,
aquí y conmigo misma,
hasta que llegaste
para quedarte siempre.

PENSÁBAMOS

Pensábamos mucho y hacíamos poco.
Decías que eras como un boomerang,
que siempre volvías
y que lo hacías porque querías.

Ahora que ya no estás aquí,
es porque no eres capaz
de verme o de mirarme,
y fuiste tú
quien me enseñó
la diferencia
entre ver y mirar.

Una diferencia que se ajusta
a nosotros,
una diferencia que,
como me has demostrado tú,
ella tampoco es
el puto *boomerang*
del que me hablabas
cada noche.

Amor

Tener que irte
cuando quieres quedarte
y tener que quedarte
cuando quieres irte.
Se siente, pero no duele.
No duele. Nada.
Significa complicidad,
saber estar
y respetar(te).
Te complementa.
Te suma y quieres que esté.
Amor es acto, no definición.
Dos manos que se rozan
y que, juntas,
encajan a la perfección.

SALIDA

No la encontramos;
tampoco la recordamos,
pero sí que la tuvimos.

Pedirte que te quedes
sería una opción
que no concuerda
con el adiós que ya tenemos.

Y pedirte que te vayas
no tendría sentido,
porque ya no estás aquí.

Así que, sinceramente,
regálame todas tus risas,
tus momentos de sensibilidad,
y encuentra la salida
para irte de mi vida.

MAGIA

La luz que desprendes,
la luz que alumbra
y las ganas que tienes
de que todo salga bien.

La manera en que te emocionas
cuando algo te gusta,
o la manera en que se te caen
las lágrimas al reír.
Como cuando recibe
el acto de querer.

De querer(te) bien.

El entender que,
cuando todo o nada se va,
sólo quedas tú.

Tú.

Contigo.

TENÍAMOS TODAS

Como el sol que hay por las noches,
como la luna que hay por las mañanas,
como el aire que hace en verano
y como el calor que hace en enero.

¿Y si todo hubiera salido bien?

Teníamos todas las de ganar,
pero se multiplicaban
las de perder,
y ya no te miro,
ni me miras,
ni te veo,
ni me ves.
Pues eso,
todas, todas y todas
las de perder.

APRENDISTE

Que los miedos
son menos miedos
si estoy contigo.

Que los sueños
se convierten
en una realidad
cuando estoy
a tu lado.

Pero no entiendes
que eres tú, como el tren
cuando sólo
se centra en descarrilar,
o como un pájaro
que no tiene fuerzas para volar.

¿Cómo no eres capaz
de entender
que tu piel y la mía
son el hilo rojo
del que nunca
puedes deshacerte?

ENTRE LÍNEAS

Podrías haberme leído entre líneas,
mientras decía que no eras para tanto
cuando, en realidad,
eras para todo.

Un para todo que tiende a creer
en segundas oportunidades,
a creer que, a veces,
valemos la pena.
Pero no,
no pasó.
Pasaron los días
y ese para tanto
se fue desvaneciendo
como lo hiciste tú.
No le costó irse,
pero sí dudó en quedarse,
como lo hice yo.

Miedo

Te faltó estar y quedarte.
Tuviste miedo de no hacerlo bien,
y lo hiciste mal
al querer estar,
al sentir,
al compartir momentos.
Tuviste miedo a la palabra hogar
y a estar en paz.
Lágrimas que resbalan
por tus mejillas
con una sonrisa
llena de dolor.
Ahí supe
que ya lo sabías:
vacío de irte
o de querer quedarme yo,
pero vacío,
del término «nada»,
parecido a ti.

RECHAZO

¿Por lo que vivimos juntas?
Pedirte que te quedes
no tendría sentido,
porque ya no quiero.
Somos como el tren
cuando sólo
se centra en descarrilar,
o como un pájaro
que no tiene fuerzas
para volar.
Nuestra piel
formaba parte de nosotras,
y eso es algo
de lo que no puedes
deshacerte nunca.

ME ENVUELVES, TÚ

Como nunca y como siempre a la vez.
Como a una vela cuando le da la brisa
y se consume, despacio.
Como el último abrazo del mundo.
Cuando me dejas en el mismo sitio de siempre
y pones nuestra canción favorita.
La vela consumida,
el abrazo apretado
y esa canción en el coche
se fueron con nosotras.

REENCUENTROS

Abrazos,
lágrimas
y sonrisas.
La vida es un regalo,
pero las personas
que están en ella
son pura magia.
Los reencuentros son especiales
gracias a las personas,
a los sentimientos que,
aunque no busquemos,
siempre aparecen.
Como si se tratara de sentir
que las personas
están hechas para reencontrarse
en cada momento,
en cada viaje
que nos regala
la vida.

VERDAD Y SILENCIO

Eres verdad cuando eres silencio,
eres calma en este mar de dudas.
Dudas que te arropan y que te curan
todas las heridas
totalmente cerradas.
Como una ola en plena orilla
cuando rompe y no encuentra
más soluciones
que aferrarse a la arena
y luego
desvanecerse.

MERECER

Mereces todo:
el mundo,
la vida
y sonrisas,
muchas sonrisas.
Te merezco a ti,
a ser hogar,
a esos abrazos que saben a casa,
tus manías
y tus logros.
Vida.
Tú.
Yo.

VOLVER A VERTE

Quiero volverte a ver,
sabiendo que nuestra mirada
se va a quedar fija.
Volando y pudiendo saltar hacia ti,
no me dejabas pedirte perdón
cada vez que nos pisábamos
sin querer,
y no paras de abrazarme
cuando ni siquiera yo lo hago.
Y tampoco paras de decirme
que cada vez que nos cruzamos,
sientes.
Al fin y al cabo,
eso es lo importante.
El sentir es vida,
y tú también lo eres.

COINCIDENCIAS

Lo nuestro
fue una de las muchas
que va creciendo poco a poco.
Poco a poco.
Encuentros que resbalan
por toda nuestra piel
y esperamos que cada vez
nos miremos más.
Mucho mucho
MÁS.

Nunca es suficiente

Nos decíamos tanto
que nunca
era suficiente
saber qué sentíamos,
pero siempre
era lo que necesitábamos.
Y la verdad es
que seguimos haciéndolo,
tanto tú como yo
lo hacemos.

Y, aun así,
me rompiste
en mil pedazos.
¿Por qué?
Te pido,
por favor,
que no vuelvas
como solías hacerlo
antes.

A NUESTRO FAVOR

Lo teníamos todo
a nuestro favor.
Y, aun así,
lo echaste a perder,
como siempre.
La verdad es
que no me parece extraño,
porque cada paso que dábamos,
tú retrocedías veinte.
Qué pena que las cosas
hayan sucedido así.
Porque estoy segura
de que ni tú ni yo
queríamos nada
de esto…

CABEZA Y CORAZÓN

Me he protegido tanto
que ya no recuerdo quién soy
ni por qué lo estoy haciendo.
Quizás era porque necesitaba
que me salvaras
y que unos labios como los tuyos
me volvieran a decir
que todo estaba bien.

Sigo siendo la misma,
la misma niña pequeña
que le pone nerviosa
que la miren a los ojos.
La misma niña pequeña
que quiere escuchar
palabras dulces y sentidas,
palabras de corazón.

Y sí, soy una de esas personas
que no sabe usar la cabeza,
y, mucho menos, el corazón.
Y de esta manera sé
que no te necesito,
pero sí te quiero,
y lo que va por dentro
no se puede frenar.

YA NO ESTÁS

Miro por la ventana
y noto tu ausencia:
veo que ya no estás.

Quizás me quede,
pero no en tu vida,
ni en tu cama,
ni mirándote a los ojos,
sabiendo que estaba ahí.

Quizás la vida
te dé todo
lo que no supe darte,
o me devuelva a mí
lo que supe sentirte
en cada instante.

Unos ojos como los tuyos,
de color miel,
no paran de avisarnos
de que todo corre peligro,
y nos recuerdan lo mal
que nos fue
cuando dejamos
de ser uno.

Índice

Sobre la autora

Nuria Delgado (Barcelona, 2002) comenzó a interesarse por la lectura acercándose a la obra de autores del género que más le interesaba, la prosa poética. Cuando apenas tenía trece años decidió empezar a escribir como una manera más de entretenimiento, aunque siempre soñó con tener un libro propio. Hoy ese anhelo se hace realidad con la publicación de *Balance,* obra que supone su debut en el panorama literario.

www.ingramcontent.com/pod-product-compliance
Lightning Source LLC
La Vergne TN
LVHW090019180726
843489LV00008B/2866